Janitschek Maria

Atlas - Novelle

Janitschek Maria

Atlas - Novelle

ISBN/EAN: 9783744684163

Hergestellt in Europa, USA, Kanada, Australien, Japan

Cover: Foto ©Andreas Hilbeck / pixelio.de

Weitere Bücher finden Sie auf **www.hansebooks.com**

Atlas.

Novelle

von

Maria Janitschek.

Berlin,
G. Grote'sche Verlagsbuchhandlung.
1893.

Atlas.

Ja, sie hatten sich schrecklich lieb, trotzdem, oder vielmehr weil sie keine Brüder waren, denn Blutsbande bedeuten nichts. Raublust ist's, die die eine Seele zur anderen treibt.

Und deshalb sahen sie sich so lachend in die Augen und stahlen mit leisen Diebsfingern einer dem anderen die letzten Empfindungen weg, in göttlicher Unverschämtheit.

Aber damals waren sie noch kleine Knirpse. Mark plapperte sein: istĕ, istā, istūd herunter, und Gabriel schwitzte über seinem Thukydides.

Mark, ein elternloser Knabe, den Gabriels Vater aus Mitleid adoptiert hatte, war ebenso häßlich als gescheit.

Sein viereckiger Schädel mit der schwarzumhaarten Stirne nahm sehr viel in sich auf, so viel, daß Gabriel sich mit davon nährte.

Der Vater war ein vielbeschäftigter Arzt und wenig zu Hause. Die Mutter lebte längst nicht mehr, und die alte Wirtschafterin kümmerte sich fast gar nicht um das Thun und Treiben der beiden Buben.

Bei Tag waren sie in der Schule, abends hockten sie bei einander, wenn der Vater auswärts war, und pfuschten Eifel und Bramante ins Handwerk, denn solche Kathedralen und Aussichtstürme wie sie, konnte der erfinderischste Architekt nicht bauen. Mark legte die Grundmauern, und Gabriel baute weiter ins goldene Blau. Mark sorgte für solides Gerüste, und Gabriel setzte eine blitzende Wetterfahne auf die Zinnen.

O, der Mark war ein Hauptkerl, so scheußlich er war!

Er hatte etwas vom Atlas, der die Erde trägt, an sich.

Und Gabriel in seiner verwirrenden Knabenschön=heit, mit der lichten Stirne und den Siegfriedaugen, ließ sich von ihm tragen.

Mark machte die Aufgaben für ihn, stiftete Frie=den, wenn er sich mit seinen Kameraden zerzankt hatte, und stahl aus der Küche vom Wirtschaftsgeld, um Gabriel Cigaretten und Obst zustecken zu können.

Als sie in der Sexta waren und sich viel in

den Zaubergärten der Mythologie umhertrieben, fragte Mark eines Abends seinen Freund:

„Gabriel, was hältst Du von der Liebe?"

Es war in dem großen traulich-dämmerigen Schlafraum, den sie teilten. Gabriels Bett stand an der linken, das Marks an der rechten Wand. Dazwischen befand sich ein großer Tisch. Zwei auf eisernen Gestellen ruhende Waschbecken vervollständigten die Ausmöblierung dieses höchst einfachen Gemachs, das die Knaben: Walhalla getauft hatten. Denn Götterträume wurden hier geträumt und Kronen wie Äpfel ausgeteilt.

Gabriel legte beide Arme unter sein blondmähniges Haupt und sah in die Sonne, d. h. auf die weiße Zimmerdecke.

„Die Liebe", sagte er nachdenklich, „ich habe schon darüber nachgedacht, aber ich werde nicht recht klug daraus. Sie ist für ältere Semester."

Auf dieses große Wort tönte ein tiefer Seufzer der Erleichterung aus Marks Bette. Der Bucklige knirschte die Zähne zusammen und schleuderte einen Freudenblitz aus seinen Augen auf Gabriel. Dann reckte er seine Hand über den Tisch, der beide Betten trennte.

Und Gabriel zog seine schmale, kühle Hand unter dem Kopfe hervor und legte sie in die heiße des Freundes.

Mark redete nie über das, was er dachte. Höchstens streifte er daran in den Dämmerstunden Walhalls.

Sie konnten oft die längste Zeit nicht einschlafen, weil einer den anderen aufregte durch seine Mord- und Brandphantasien. Ihre Ohren vernahmen Schwertgeklirre, und ihre Augen sahen die blitzenden Panzer der trojanischen Helden strahlen. Sie guillotinierten die Welt und erfanden eine neue, in der die Menschen Tiere waren und die Tiere Menschen und alle nur ein Bein hatten, wegen Raumersparnis. Sie redeten sich oft so in Eifer, daß die Zunge ihnen am Gaumen klebte und sie aufstanden, um nicht nur den Inhalt ihrer Wasserkaraffe, sondern auch den ihrer Waschkrüge in tiefen Zügen zu leeren.

Dann erröteten sie vor sich selbst über diesen kläglich gestillten Durst.

Aber dereinst kam ja die Zeit, da sie statt Wasser — Blut trinken würden, Blut, das in lustiger Fontäne zum Himmel spritzte aus dem Nacken der Ungerechtigkeit, die sie köpften. Unter der „Ungerechtigkeit" verstanden sie die ganze Menschheit, sie beide ausgenommen, vielleicht noch den Vater. Vielleicht. Aber sonst niemanden, nein. Ein Wettergesindel alle zusammen!

Gabriel war gewöhnlich der erste, der einschlief.

Mit brennenden Wangen taumelte er ins Traumreich hinüber, während Mark noch lange wach dalag, die funkelnden Augen ins Nächtige geöffnet. Mit Gabriel lag die Schönheit zu Bette und küßte ihn hauchend auf die leise geöffneten Lippen.

Mark war allein.

Er drückte die Fäuste auf die Augen, wo ein siedender Tropfen sich hervordrängen wollte.

Und dann sah er auf die lieblichen zwei auf dem Lager drüben und lächelte vor Liebe. — — —

* * *

Die beiden Burschen wuchsen aus den Schulbänken heraus.

Papa Funk, dem sie sich jetzt inniger anschlossen, sprach oft mit ihnen über ihren künftigen Lebensberuf. Sein Sohn wollte Mediziner werden, weil der Vater es so wünschte.

Gabriel hatte den Kopf voll krauser Ideen, die er aber dem Alten wohlweislich verschwieg.

Natürlich mußte der Doktor eingepaukt werden, aber dann, dann, wenn er die Lehrzeit an der Klinik vorüber hatte und sich als selbständiger Arzt niederließ, dann sollte die Welt etwas erleben!

Auf die ganze innere Medizin wurde getrommelt und gepfiffen. Er hatte eine Ahnung wie man, ohne Pflanzengift zu brauen, kurierte. In den Fingerspitzen und Augen des Arztes lag das Heil der Kranken.

Dieser selbstherrliche Glaube an seine Wunderkraft erstarkte mehr und mehr in ihm. Er wußte nicht, wann er dessen erste Regung in sich verspürt hatte.

Etwa in den dunklen Walhallanächten, wo Mark wie ein blitzeschleudernder Gott ihm befohlen hatte, die Erde zum Schemel seiner Füße zu machen?

Das unartikulierte Triumphgeschrei des wilden Knaben war mit den Jahren in eine schöne große Melodie übergegangen. Das Lied von der Kraft war's geworden, das Mark unablässig ihm vorsang. Und er hatte es immer weiter in sich entwickelt, bis es sein eigener Herzschlag wurde. . . . .

Er fühlte zwei heiße Stellen auf seinem Haupte, und er fühlte förmlich, wie sich dort etwas durchbrach, und preßte berauscht das Bildnis Mosis von Michel an seine Lippen. . . . .

Und dann wurden die wahnsinnigsten Tiraden gehalten, und die jungen Leute, die immer das Alte zu verachten und dem Neuen zu huldigen bereit sind, sahen auf ihn mit glänzenden Augen.

Als er endlich sein Maturitätsexamen machte und

vom Podium herab in jauchzender Rede die Zukunft der Wissenschaft feierte, da schüttelte manch einer unter den fünfhundert Anwesenden das Haupt über den strahlenden jungen Menschen mit seiner verblüffenden Selbstüberzeugung. —

Mark war mit ihm zugleich aufgestiegen. Aber Mark, der häßliche Bucklige, der geradezu zum Gelehrten geboren war, hatte in der letzten Zeit eine seltsame Verwandlung an sich erfahren. Er wollte nicht weiter studieren, er wollte — Künstler werden. Maler wollte er werden.

Während der andere sich der realsten aller Wissenschaften zuwendete, tauchte Mark, der Positivist der Häßlichkeit, in ein klingendes Meer von Farben und Licht und wollte da sein Reich gründen.

Vater Funk zuckte die Achseln.

Aber ein warmherziger Mensch, wie er war, gab er schließlich dem Wunsche des Sohnes nach.

Da sich in ihrer Stadt eine Malerakademie befand, begann Mark gleich dort seine Studien. Naturgemäß konnten er und Gabriel nicht mehr so viel miteinander sein wie früher.

Gabriel fühlte es nicht in seinem Fuchsglücke. Er war mit beiden Füßen in sein erstes Semester gesprungen und glühte vor Triumphen. Wo er sich zeigte, hatten sie ihn lieb und spürten in ihm die jungen Hörner der Kraft.

Er trank die ältesten Semester unter den Tisch, ohne seinen Durst gestillt zu haben, und hatte gleich in den ersten Monaten eine tüchtige Keilerei mit einem Kommilitonen, wobei ihm die linke Backe aufgerissen wurde, die der Papa brummend zusammenflickte.

Eines Nachts, als er von einem Trankopfer nach Hause kehrte, fand er Licht in Walhalla. Mark lag im Bette und las. Bei Gabriels Kommen schlug er sein Buch zu. Er war sehr blaß.

„Ich habe mich absichtlich wach erhalten, um doch einmal wieder das Vergnügen deiner Gesellschaft zu genießen", sagte er.

Gabriel lachte ihn aus den leuchtenden Augen an, und setzte sich an sein Bett.

„Waren ja erst beim Mittagstisch zusammen, und ..."

„Vor dem Alten —"

„Ach was, der Alte ist eigentlich ein prächtiger Kunde, im übrigen haben wir uns ja keine Geheimnisse mitzuteilen. Was liest du denn, du Griesgram?"

„Laß das. Ich möchte nur wissen —"

„Was?"

„Was dich so ungeheuer gegen mich verändert hat."

„Wa — was? Mark, alte Seele", — Gabriel schlug seine Arme um den Buckligen, „du fürchterlicher Esel, du sentimentale Liebhaberin, du Bacillus der Unlust, was faselst du denn da? Träumst wohl noch von den alten Bubenzeiten, wo wir hier allnächtlich die Olympier zu Gast hatten."

„Zu mir kommen sie noch", sagte Mark mit stillen Augen.

„Natürlich, du brauchst sie ja auch als Künstler, aber mir ist das ganze tote Gesindel fad. Ich lobe mir die lebendigen Olympier."

„Wo sind die?"

„Wo? Ha! Da schau her! Da steht einer vor dir. Oder bin ich etwa keiner?" Und er sprang auf, fuhr sich mit der Hand durch die gleißende Locken= fülle und warf das schöne Haupt in den Nacken.

Und aus seinen Siegfriedaugen lachte das Licht.

Mark umschlang mit den Blicken die hohe Gestalt des Freundes.

Gabriel schlug sich mit der Faust auf die breite Brust.

„Hörst du die Orgel da drinnen? Sie wird den Menschen dereinst ein Lied aufspielen, daß ihnen die Ohren dröhnen sollen."

„Ach laß diese tollen Reden --"

„Wie, und du sagst, die Olympier kämen zu dir zu Gaste, du nüchterne Linie du?"

„Ich kann's nicht leiden, wenn du immer von der Mehrzahl redest, es giebt keine ‚die Menschen', sondern nur ‚den' und höchstens ‚jenen' Menschen."

„Du redest wie ein eifersüchtiges Mädchen."

„Ich kann den gefühlstrunkenen Verbrüderungsdusel nicht leiden . . ."

„Ich protestiere gegen das Wort ‚Verbrüderungsdusel'. Ich suche mich mit niemand zu ‚verbrüdern', aber ich fühle, daß ich vielen vieles werde geben können."

Sein Haar bewegte sich leise über der Stirn, und seine Pupillen vergrößerten sich.

„Messiasträume", spottete Mark. „Laß es doch den anderen über, denen wie ich, daß sie ‚Wunder' wirken. Du hast ja die ganze sinnliche Welt für dich, in ihr liegen deine Triumphe."

„Ich will alles", sagte Gabriel heiß, „das Greifbare und das Ungreifbare. Laß es mich in meine Arme nehmen, du kannst's ja doch nicht mit deiner —"

Ein zischender Laut fuhr durchs Zimmer.

Gabriel blickte betroffen auf.

Eine Teufelsfratze mit zwei großen zitternden

Thränen in den Augen sah ihm aus dem Bette, auf dem er saß, entgegen. Er beugte sich erschreckt auf Mark.

„Wozu, du, du . . . ." lispelte dieser.

„Was denn?"

„Nichts. Ich bin grausam schläfrig."

Seine Hand tastete nach der Kerze, um sie auszulöschen. Dabei stieß er den Leuchter hinab, daß es stockfinster war.

Gabriel ahnte plötzlich. —

„Mit deiner Weichheit", — fuhr er, dicht über das Antlitz des Freundes geneigt, fort.

Aber das war nicht gut, sondern schlimmer gemacht.

„Laß mich schlafen", keuchte es zornig und mühselig zwischen den Kissen hervor. „Ich bin müde, laß mich schlafen, zum Teufel auch."

Gabriel erhob sich mit zusammengezogenen Brauen und beugte sich nach dem Leuchter. Dann suchte er ein Streichholz.

Sie waren mit der Kerze auf den Boden gefallen.

Er fluchte zwischen den Zähnen und tastete suchend an Marks Bett.

„Was willst du denn?" fuhr dieser wütend auf.

„Die Zündhölzer. Ich will Licht machen."

„Wozu? Ich brauche keins. Ich will Ruhe."

„Aber ich will eins", sagte Gabriel barsch. „Wenn dich das Licht stört, kaufe dir einen Bettschirm oder noch besser, ich stelle mein Bett in ein anderes Zimmer."

„Das kann ich ebenso gut, heute gleich, wenn du willst", rief Mark.

Und der kleine Bucklige sprang aus dem Bett, warf Decke und Kissen über die Schulter und wanderte aus Walhalla.

Gabriel verbiß mit Mühe ein Lachen über den närrischen Anblick. Aber sein Auge feuchtete sich.

„Dieser Esel, dieser Esel", murmelte er, „ich habe ihn ja so lieb, den Schafskopf."

* * *

Die leere Stelle seinem Bett gegenüber ärgerte ihn. Es war etwas vorüber. Ein Stück lieber Jugenderinnerung.

Wenn er abends nach Hause kam, fühlte er unwillkürlich das Bedürfnis, die Eindrücke des Tages am Bette des Freundes zu verarbeiten. Das konnte er ja freilich noch immer. Aber es war doch etwas ganz anderes. Er mußte jetzt erst anklopfen, das wollte er aber nicht immer, weil er Mark nicht aufzuwecken wünschte. Früher war es selbstverständlich gewesen, daß der eine munter war, wenn der andere kam.

Mark hatte in einer kleinen Kammer, unten neben der Küche, sein Bett aufgeschlagen. Er war mit seinem Bruder herzlich wie immer, aber doch anders. Ein fremder Ton war in ihr Verhältnis gekommen. Einer wußte jetzt nicht mehr alles vom anderen wie früher, wo sie selbst ihre Träume einander mitgeteilt hatten.

* * *

Einige Tage nach ihrer „Separation", wie Mark sich ironisch ausdrückte, ging dieser, die Fäuste in den Taschen, den großen Hut tief in die Stirne gedrückt, spazieren.

Es war ein trüber Wintertag, und trotz der noch frühen Nachmittagsstunde, brannten schon alle Laternen.

Mark wurde von den Vorübergehenden, die ihre Weihnachtseinkäufe machten, gestoßen und hin- und her gedrängt. Die lärmenden eiligen Menschen übersahen den kleinen Kerl. Er wußte das, und deshalb schaute er so protzig drein, um doch ein bißchen seine Wenigkeit in Scene zu setzen.

Und er hatte die Hände in der Tasche und ging weiter. Früher war er groß gewesen, als er immer mit seinem Freunde ging. Dem wichen sie aus auf der Straße. Und wenn's einer nicht gethan hätte, würde er ihm lachend die wuchtige Siegfriedsfaust unter die Nase gehalten haben.

Ein verflucht unangenehmes Ding, immer zu den Leuten aufblicken zu müssen.

Zu den Tölpeln, die eine um sieben Zoll längere Wirbelsäule hatten und damit so protzig thaten. Aber was war selbst ein Siegfried ohne die Gabe, das Übermenschliche zu verstehen? Und Mark ballte die Fäuste, und ein rotes Licht sprühte in seinen Augen. Sieh zu, Siegfried, wie du ohne den häßlichen Mime fertig wirst.

Doch da überkam ihn wieder der Schmerz um den Freund, den das Leben und die Zeit aus seinen Bruderarmen genommen und selbständig gemacht hatte.

Gab's keinen Ersatz für den Verlorenen? Ein Neues, das den Menschen so ausfüllte, wie die Kunst es mit seiner Seele gethan?

In diesem Moment ging ein großes Weib an ihm vorüber. Ihr langer Samtmantel schlug ihm übers Gesicht und hüllte ihn eine Sekunde lang in eine Duftwolke.

Er stand wütend und hochaufgerichtet da.

Und dann sagte er plötzlich: Heureka!

Und wie er jetzt weiterschritt, war er auf einmal ein anderer.

Nicht mehr der zerdrückte Mensch, der zur Selbstironie greifen mußte, um sich aufrecht zu erhalten, sondern ein wählender Herr und Herrscher. In seinen Fäusten glühte seine Allmacht, ein roter, heißer, vernichtend starker Wille.

Welche aber unter diesen ihm entgegenkommenden Jungfräulein und Frauen war würdig, sein Haupt in ihren Schoß zu betten? O mit sich selbst war er ja unbändig geizig. Nur Gabriel hatte den Vorhang seines Innern lüften dürfen, sonst keiner.

Würde er einem Weibe seine mächtige Innenwelt enthüllen?

Was müßte das für ein Geschöpf sein?

Wenn sie sein Siegfried werden könnte! Neben dem Zittern der weicheren Psyche den goldhellen, reinen, hinaufstrebenden Geist! Den Geist, der mit seinem mächtigen Schwingenschütteln den Staub von der Materie abblies!

Und der Bucklige ging, die Fäuste in der Tasche, weiter.

Er erhob seine stets gesenkten Augen und richtete

sie auf alles ihm entgegenkommende Weibliche. Er begegnete keiner, die ihm gefiel. Traurig schlenderte er nach Hause.

Er hatte untreu werden wollen aus Liebe. Und war — zu schwach dazu ...

Aber er verspottete so unbarmherzig seine Schwäche, stellte sich selbst als so lächerliche Karrikatur vor seine inneren Augen, daß er eines Tages ihr begegnete, der er begegnen wollte. Sie war das vielbegehrteste Mädchen der Stadt. Schön, kaum dem Kindesalter entwachsen und einer der ersten Familien angehörig.

Und Mark ließ, die Fäuste in der Tasche, prüfend seine Augen über sie hingehen.

Sie erschrak über den Blick des Buckligen.

Als Sohn eines ebenso bekannten wie beliebten Mannes und angehender Künstler, hatte er Zutritt in alle Kreise.

Er traf sie bald dort, bald hier.

Er sprach mit ihr unter dem strahlenden Kronleuchter des Ballsaals, der seine Häßlichkeit schonungslos enthüllte, und im japanisch ausstaffierten Salon ihrer Frau Mama.

Er malte ihr drei blaue Blumen und schimpfte auf ihre schlecht gezeichneten Landschaftsstudien. Dabei atmete er das Parfüm ihres Leibes und badete in der Tiefe ihrer arglos auf ihn gehefteten Augen.

Sie besaß eine entzückend saubere Seele, aber das ganze Menschenkind war so klein. — Da gab's nichts zu rauben . . .

Vielleicht würde sie, wenn er sie aufgezehrt, verschlungen und wieder neu geboren hatte, größer sein.

In diesem Prozeß bleibt ja Fleisch vom Fleische des Mannes, Blut von seinem Herzblut am Weibe haften.

Und dann glaubt er, sie sei ihm ähnlich geworden, und streichelt — die eigene Seele.

Mit böser Freude sah er, wie harmlos die „Welt" und auch sie ihn hielt. Der Bucklige und d i e s e s Mädchen!

Man brachte ihm so viel Vertrauen entgegen, daß er stets erwartete, Mama würde eines Tages sagen: „Herr Funk, bitte, schnüren Sie meiner Tochter das Korsett fester, die Jungfer ist eben nicht bei der Hand."

O wie er innerlich lachte und in seinen Fäusten den roten glühenden Willen stärker und stärker anwachsen ließ.

Eines Tages las er ihr vor. Litterarischen Kohl, aber mit der lebendigen, heißen, zitternden Stimme, in der gerade bei ihm so viel Männliches lag. Zuerst bemerkte er, wie ihre feinen weißen Ohren rot wurden, dann legte sie die Hände vor das Gesicht. Dann tropfte es durch die schlanken Finger.

Mark wußte nicht recht, war die Mutter noch anwesend oder war sie hinausgegangen, er stand auf und zog Floras Finger von ihrem Gesichte.

Sie erschrak heftig und starrte ihn an.

Aus seinen Augen griff der Mann in seiner ganzen Machtherrlichkeit in ihre Seele hinüber und riß sie an sich.

Ein Lohendes umgab ihn und ging auf sie über. Sie vergaß zu atmen.

„Warum verbergen Sie Ihr Gesicht, wenn einmal Ihr kleines Seelchen sich in ihm verrät? Lassen Sie doch ehrlich diese Thränen rinnen."

Sie lächelte mit dem scheuen Kindermund.

„Ich bin noch so dumm."

„Wenn Sie es nur nicht immer bleiben —"

„Ach, Sie sind — Sie sind heute —"

„Was?"

Sein Blick drohte ihr. Es ging wie ein elektrischer Schlag von ihm aus.

Sie schrie leise auf, packte ihn an den Händen und legte ihren Kopf hinein.

Und da war sie mitten in seinen roten glühenden Willen geraten.

Er blieb sacht stehen und fühlte seine Pulse an ihre klopfenden Schläfe schlagen.

Da hatte er ihr bißchen Selbständigkeit getötet, und sie war sein.

Jetzt gab's hier nur mehr brutale Siege zu er=
fechten.

Mark schämte sich bis in die Seele hinein über die Winzigkeit seiner Trophäe und den halmschwachen Willen, der gleich umgesunken war, als er ihn mit dem Odem seines Mundes angeblasen hatte.

Aber er war grausam genug, weiterzugehen.

Das junge Mädchen sagte ihm einige Tage später, in denen es wie eine Berauschte umhergegangen war:

„Mir ist so, als wäre ich gar nicht mehr ich."

„Seit wann?"

„Seit neulich."

„Hat der arme Bucklige so sehr Ihren Geist er=
schüttert?" fragte er ironisch lächelnd.

„Ich weiß nicht . . .", stammelte sie.

„Wehren Sie sich doch. Kämpfen Sie gegen das Ungeheuer", rief er.

„Ach nein", sagte sie mit bestrickender Apathie, „das kann ich nicht."

2*

„Hüten Sie sich, Flora. Wenn er eines Tages noch mehr als Ihre Seele forderte — — —"

Sie erwiderte nichts, sondern lehnte ihre Stirne gegen das Tischchen, das vor ihnen stand.

Da zog er sie an sich.

Und sie lag stumm an seiner Brust.

Er hätte zugleich weinen und lachen mögen. Weinen über seine Einsamkeit und lachen über seine Sehnsucht, die die Arme nach einem Menschen geöffnet hatte, und ein — Vergißmeinnicht fand.

* * *

Gabriel bemerkte einmal beim Mittagessen:

„Du, Papa, weißt du, daß die Flora Roman sich verlobt hat?"

„Was du nicht sagst!" rief der Alte.

„Und weißt du, mit wem?"

„Mit einem Grafen oder Hofmarschall. Die kenn' ich."

„Mit Herrn Mark Funk."

„Was Donner!" schrie der Alte.

„Aber glaub's doch nicht, Vater", sagte Mark eisig. „Das Fräulein hat mich oft wegen ihrer Zeichnungen um Rat gefragt. Seit Wochen übrigens habe ich das Haus nicht mehr betreten."

„Das sagt sehr viel", rief Gabriel, „man bricht nicht so mit einer Familie, mit der man nicht —"

„Aber laß doch, bitte, deine weisen Schlüsse. Ich geh' nicht mehr hin, weil ich kein Bedürfnis hinzugehen habe. Das ist alles."

Er ging in der That schon seit lange nicht mehr hin. Seit er wußte, wie klein der Apparat war, den man in Bewegung setzen mußte, um eine weibliche Seele zu erobern, trug er ihn immer in der Tasche und ließ ihn bald dort, bald da spielen. Er versagte nie.

Aber der bucklige König ergriff die Flucht vor seinen Siegen.

Er wollte doch sich gesund kämpfen, nicht gleich bei der ersten Stellung im Krieg den Feind besiegt zu seinen Füßen sehen.

Und eines Tages trat er mit den Fersen auf jene Machtmittel und war wieder der alte einsame Mensch.

Seine Sehnsucht nach mehr Verkehr mit Gabriel war größer und größer geworden.

Gabriel ahnte, daß Mark Wege ging wie andere Kameraden. Er kannte ihn zu gut, um zu erwarten, daß er ihm jemals ein Wort über solche Dinge mitteilen würde. Er wich ihm verständnisvoll aus.

Nur jenes öffentlich gewordene Gerücht, daß der

Bruder, von Fräulein Roman in so besonderer Weise bevorzugt werde, ließ ihn damals die Bemerkung thun.

Eines Abends, als er nach Hause kehrte, fand er in seinem Zimmer — Mark.

„Du sumpfst ja recht nett", begann dieser im alten Ton.

Gabriel balgte sich ein bißchen mit ihm herum, dann sagte er:

„Du, weißt du, daß mir die Medizinerei über wird? Ich kann nicht helfen, aber meine anfängliche Begeisterung dafür hat die Schere des Chirurgen gründlich ausgeschnitten."

„Du hast doch nie für den ärztlichen Beruf besondere Begeisterung gezeigt."

„Aber ich baute so viele Hoffnungen —"

„Auf dich, auf nichts anderes. Du warst ein Narr, als du dich von deinem Alten da hineindrängen ließest."

„Kann ja noch umsatteln."

„Weißt du, nach welcher Richtung?"

„Nein, nicht im mindesten. In meinem Kopf ist ein Chaos. Ich möcht' am liebsten mein Ränzel auf den Buckel nehmen und in die Welt hinausrennen."

„Herrgott ja, wer möchte das nicht!"

„Du doch nicht."

„Meinst du? Bist im Irrthum, mein Lieber. Mir fällt's auf einmal wie Schuppen von den Augen. Es war ein Unsinn, als ich glaubte, in mir einen Künstler zu haben. Über die Handlangergriffe bin ich hinaus, jetzt heißt's, von sich heraus ausgeben, und ich entdecke auf einmal, daß ich — nichts zum Ausgeben besitze."

Mark brannte sich eine Cigarre an und ging, die Hände auf dem Rücken verschränkt, auf und nieder.

Gabriel saß rittlings auf einem Sessel und starrte in sich hinein.

„Ja, ja", sagte er nach einer Weile, „wir sind ein Paar Esel."

„Diese Überzeugung habe ich schon längst."

Gabriel lachte.

„Weißt du, draußen ist es recht lustig, aber man kommt stets mit leerem Hirn heim."

Mark schleuderte seine ausgelöschte Cigarre von sich. Seine Augen bohrten sich in die des Freundes.

„Hast auch du so wenig auszugeben wie ich? Wie kommt's denn, daß wir auf einmal so ausgeplündert sind? Früher waren wir ja Krösusse."

„Ja, früher —"

„Mir blühten die herrlichsten Farbensymphonien

unter den Augen auf, hätte ich damals die technischen Lehrbubengriffe besessen wie heute —"

„Und in meinen Händen lag eine Kraft. — Weißt du noch, wie ich einmal, als der Alte krank war und nicht ausgehen konnte und doch zu einem Dutzend Patienten sollte, meine Hand auf seine Brust legte und er sofort Besserung in der leicht entzündeten Lunge spürte, so daß er schon Tags darauf seine Kranken besuchen konnte?"

„Deswegen trieb er dich ja in dein Studium hinein; er glaubte, du besäßest besondere Fähigkeiten."

„Und doch lagen die nicht im tierischen Magnetismus allein, sondern in meinem Willen, im Überzeugtsein von meiner Kraft."

„Glaubst du das?"

„Ja, ich glaube es."

„Und wo ist —"

„Frag' nicht, Narr. Du weißt's so genau wie ich!"

Sie schlangen ihre Blicke ineinander. „Ich gab dir die Kraft, und du warst mein Künstlerrausch. Ich empfing die Ahnung der Schönheit von dir —"

„Und wir waren und sind Esel. Du jedenfalls der größere, damals als du, deine Decke über dem Buckel, Walhalla verließest."

„Aber zum Teufel, der Raum thut's doch nicht."

„Vielleicht doch, Mark. Es geht von Odem zu Odem, aus deiner Fingerspitze in die meine, es pflanzt sich von deinem Auge in meines, läuft durch meinen Leib, kommt als Lächeln auf meine Lippen zurück und — wärmt dich. Der Raum thut's doch, Mark."

„Um keinen Preis mehr, jetzt", versetzte Mark finster.

Gabriel stand auf.

„Du sprichst mir aus der Seele. Aber ich gehör' dir wieder, Alter."

Und er schüttelte Marks Hände, daß diesem der Atem ausging.

„Da hast du mich", sagte der Bucklige und legte seine Rechte auf Gabriels Schulter.

Dann standen sie einen Augenblick stumm in sich versunken, bis Gabriel Gute Nacht rief und hinausging.

* * *

Mark hatte sein erstes Bild vollendet. Es glich einem Rubensschen Hymnus an das Leben. Eine lachende Kraft sprang aus den Muskeln der herrlichen Mannesgestalt, die im Vordergrund stand. Das Bild stellte Adam und Eva dar. Nicht nach der gebräuchlichen Auffassung. Die Eva sah man nicht.

Aber man ahnte, daß sie aus der Richtung herkommen mußte, nach der er lächelnd und erwartungsvoll blickte. Adams Gestalt glich der eines jungen Germanenhäuptlings. Ein zotteliges Bärenfell hing ihm über die Brust herab. Der trotzige Kopf mit dem noch unbeschnittenen heiligen Haar saß selbstbewußt, in naiver Freude an sich und dem Leben, auf den stolzen Schultern. Es lag etwas unberührt Keusches und doch blutwarm Sinnliches über dem ganzen Gemälde. Kunstkenner und Laien hatten ihre helle Freude daran

Mark war seinem Triumph entflohen. Nachdem er sich überzeugt hatte, daß das Bild in der Ausstellung einen günstigen Platz einnahm, war er mit Gabriel abgereist.

Sie wollten einen kleinen Weltbummel machen, wie Doktor Funk sich ausdrückte. Sein Doktortitel und Marks Bild waren zu gleicher Zeit reif geworden. Jetzt waren die beiden Jungen von jener glückseligen leichten Müde ergriffen, die einen nach dem Siege befällt.

Und nun hinaus in die Welt.

Der alte Funk war vor einem Jahr gestorben, und die Brüder hatten sich ganz nach ihrem Geschmack das Haus herrichten lassen. Unten befand sich Marks

Atelier, oben die gemeinschaftlichen Wohnräume. Man hätte denken können, daß die beiden, die das ganze Jahr bei einander hockten, nun jeder für sich seine Reise machen würde. Dem war nicht so. Sie waren so ineinander verwachsen, daß ihre Pläne dieselben waren.

„Und unterwegs wird keine Kohle und kein Buch angerührt, das schwör' ich", hatte Mark gesagt.

„Das schwör' ich", Gabriel wiederholt.

Aber es giebt Arbeiten, aristokratische, die keiner Kohle und keiner Druckerschwärze bedürfen. Man schafft, im Kupee zurückgelehnt, an ihnen, man schafft an ihnen mitten im Essen und Trinken, im Bade, auf dem Spaziergang, inmitten der Tonwellen der Apassionata, beim Stiefelausziehen und an der Bahre eines geliebten Leichnams.

Solch ein Schaffen war das Gabriels.

Wo er sich zeigte, und noch mehr, wo er sich ein wenig gab, packte er die Menschen wie mit eisernen Zangen und zwang sie in seinen Bann.

Niemand leugnete es von seinen Kollegen, daß er schon viele Heilungen durch magnetische, in ihm wohnende Kräfte vollzogen hatte. Denn alles, was nicht unter einer bekannten Apothekermarke geht, heißt tierischer Magnetismus.

Es war der Überschuß von Gabriels schäumender

Kraft, der dem Hypochonder in die Beine fuhr, daß er nach einem Gespräch mit dem jungen Arzt sein Zipperlein nicht spürte, die den Asthmatiker in ruhigen, tiefen Zügen atmen ließ, wenn Gabriel ihm fest ins Auge sah und versicherte, „es käme heute nicht". „Es" kam auch nicht.

Und die Leute sagten, er sei ein Teufelskerl, und wozu der einen Doktortitel brauchte. Den brauchte er aber doch. Denn man spürt viel intensiver eine Heilung, wenn der Mann, der sie ausführt, ein vom Staat Geaichter ist. Und selbst, wenn man stirbt, ist es ein beruhigendes Bewußtsein, durch einen ordentlichen Doktor der Medizin getötet zu werden.

Je mehr Erfolg Gabriel sah, um so höher wuchs das Selbstvertrauen auf seine Kraft in ihm. Und je größer dieses wieder wurde, um so höher stiegen seine Erfolge. Seine hochentwickelte Willenskraft, Hand in Hand mit einem tüchtigen Pfund konkreten Fachwissens, mußte seinen Weg als Arzt zu einem Weg der Triumphe machen.

„Wenn du nur ein bißchen mehr dein Pfauenrad ausbreiten wolltest", bemerkte Mark oft, „die Leute kriegten einen höllischen Respekt vor dir. Aber du bleibst immer der harmlose Fuchs, der eine bewußt und sicher ausgeführte That hinter bescheidenen Phrasen verbirgt."

Mark predigte so lange, bis Gabriel die letzten

Spuren seines flotten Burschentums abschüttelte und wie ein junger König auftrat. Er fingierte Hochmut, den er nicht besaß, und that dem Sonnenhaften in sich Gewalt an, daß es sich verbarg und nur dann aus ihm herausbrach, wenn der Moment es ihm erwünscht erscheinen ließ.

Mark triumphierte innerlich über die Richtigkeit seiner Menschenkenntnis. Seit Gabriel nicht mehr so verschwenderisch mit sich war, seine Güte unter dem diamantnen Panzer der Kälte verbarg, fing er an, ungeheuer angesehen zu werden.

Mark sagte einmal:

„Wenn du der tiefsinnigste Forscher bist, aber dein Licht hinter dem Vorhang der Bescheidenheit verbirgst, so wird zwar die Nachwelt dich feiern, aber der Gegenwart wirst du eine fremde Persönlichkeit bleiben. Man muß suggestiv auf die Leute wirken, um gehört zu werden. Zuerst ein Rudel Sklaven mit der Tuba: „Hört, hört, da kommt Mohammet, der Allmächtige, der Allmächtige, hört, hört!" dann, wenn alle Hälse sich recken, erscheinst du und wirkst deine wirkliche und wahrhaftige That. Und jetzt bist du der Gott."

„Schlaukopf", versetzte Gabriel lachend, „du redest aus Erfahrung."

„Und ob. Frag' meine Menschen, mit denen ich verkehre, ob ich ein Scheusal bin. Sie werden dir antworten: er ist ein sehr einnehmender junger Mann. Warum? Weil ich mit so viel Prätension und Selbstüberzeugung auftrete, daß die andern von m e i n e r Selbstüberzeugung selbst überzeugt werden und schließlich in meinem Buckel eine liebenswürdige Zugabe der Natur erblicken."

Und so zwang Mark Gabriel eine Krone aufs Haupt, das wenigste, das er geben konnte, für die Fülle reichen Glückes, das ihm der Freund schenkte, seine Erde, aus der er Lenz um Lenz emporsprießen sah und dessen Schönheit die Quelle war, die den Durst des Künstlers in ihm speiste.

Die Freunde reisten über Frankreich, England, nach Holland, wo Marks Augen sich in den Galerien vollsaugten.

Zwischen Calais und Dover hatten sie auf ihrem Dampfer eine sehr schwer brustkranke Dame. Der Schiffsarzt gab auf ihre ängstliche Frage, ob sie noch lebend zu ihrer Tochter nach England käme, ein „kaum" zur Antwort. Er machte Gabriel einige Bemerkungen über die Kranke. Dieser bat, zu der Patientin geführt zu werden. Sie befand sich im letzten Stadium der Schwindsucht und war bereits halb erloschen.

„Ist es Ihnen nicht gleichgiltig, wo Sie Ihre Leiden beenden? Von einer Besserung kann, wie Sie wohl selbst wissen werden, bei dem fortgeschrittenen Stand Ihrer Krankheit keine Rede mehr sein", sagte er.

„Das weiß ich", lispelte die Kranke, „aber ich möchte meiner Tochter so gern persönlich meine Verzeihung überbringen, die ich ihr vor Jahren eines Fehltritts wegen versagte."

Gabriel verständigte sich durch ein paar Worte mit dem Arzt und blieb bei der Kranken. Seine Hand umschloß fest die ihre.

„Sie sehen ihre Tochter wieder, ich schwöre es Ihnen", sagte er, seine Augen in die ihren tauchend. Und dann blieb er so einundzwanzig Stunden bei ihr sitzen.

Als sie in London angekommen waren, bestieg er mit der Kranken einen Wagen und fuhr nach dem ihm bezeichneten Haus, das die Tochter bewohnte.

Er legte den atmenden Leichnam an die Brust des jungen Weibes, stahl sich leise fort und fuhr nach seinem Hotel. Dort begab er sich zu Bette und schlief.

„Ich gratuliere", sagte nach seinem Erwachen Mark, der, eine Cigarre zwischen den Zähnen, am Fenster gelegen hatte.

„Zu essen, zu essen", schrie Gabriel sich aufrichtend, „ich vergehe vor Hunger."

„Red' nicht davon, es ist nicht der Mühe wert", sagte er während des Essens zum Freund. Der redete auch weiter nicht darüber. Aber die Zeitungen redeten. Der Schiffsarzt hatte den merkwürdigen Fall weiter erzählt, er kam herum. Gabriel sah sich plötzlich in den paar Gesellschaften, die er in London besuchte, von Neugierigen und Huldigenden umdrängt. Die kühlsten Schönheiten der vornehmen Welt vergaßen ihre Zurückhaltung und sagten dem fremden Manne Dinge, die er mit widerwilliger Dankbarkeit hinnehmen mußte.

Mark beobachtete ihn lachend.

Auf ihrer Rückreise fuhren sie ein Stück weit mit einem früheren Professor Gabriels. Der alte Gelehrte, der seines großen Hochmuts wegen berüchtigt war, überströmte Gabriel mit Liebenswürdigkeit und Beweisen seiner Hochschätzung.

„Mir fängts an, vor den Augen golden zu werden", sagte Gabriel eines Tages zu Mark. „Ich muß, wenn wir nach Hause kommen, furchtbar roboten, sonst werde ich hochmütig."

In seiner Vaterstadt feierte ein glänzender Artikel seine Rückkehr. Das ärztliche Sprechzimmer, das er jetzt eröffnete, war sofort von Patienten überfüllt. Ein Taumel des Vertrauens zu ihm hatte die Menschen ergriffen. Einige gehirnenge Neider kläfften freilich gegen den „Naturarzt", der durch „altteftamentarische Mätzchen" die Leute genesen machen wollte. Aber seine glänzende Dissertationsschrift, die sich ganz auf dem Boden der letzten Forschung bewegte und die Anerkennung der gefeiertsten Autoritäten genoß, widerlegte diejenigen, die in ihm einen Dilettanten erblicken wollten. Gewiß, seine Zukunft war eine große. Er war ein Arzt, der nebst dem Reichtum realen Wissens einen kühnen Willen besaß, der übersinnliche Kräfte zum Dienst der Menschheit zu verwerten verstand. Eine Schar junger Anhänger, die ihn und die Wege, die er einschlug, mit Gut und Blut verteidigen wollten, sammelte sich um ihn.

Das Gold des Ruhmes träufelte auf seine Stirn, und die Zukunft legte sich wie ein mit Rosen geschmücktes Mädchen an seine Brust und sagte ihm: Nimm mich, ich gehöre dir.

Unten in seiner Werkstätte hauste Mark und schuf leuchtende Freudenhymnen mit dem Pinsel. Und sein häßlicher struppiger Kopf mit der gehügelten Stirn legte sich oft in die Hände wie beschämt vor Glück. Der rote glühende Wille in seinen Fäusten hatte sich in Leben umgesetzt. Er drang aus ihnen wie zwei Feuerbüschel in einen anderen Organismus und trieb dort Blüten und Früchte.

Er war die eherne Nabelschnur, die die beiden Freunde verband. Nur ein entsetzliches Feuer konnte dies erzene Band zum Schmelzen bringen. Gab es so ein Feuer auf Erden? Mark verneinte es in sich. Es müßte eine kriegerische Flamme vom Himmel stürzen, ein hungriges Wunder aus dem Schoß der Erde hervorbrechen, das solche Einheit zerschneiden konnte. Nein, nein, ihre Seelen hatten sich so ineinander verschlungen, daß die Vibrationen der einen die andere erschütterten, daß sie tranken mit einem Mund, haßten mit einem Haß und sich krönten mit einem Kranz. Sie waren einander notwendig wie der Tod dem Leben. Sie glichen einem hoch auflohenden Feuer, in dem die zwei Funken: ich und du, untergegangen waren.

* * *

Eines Tages, als die beiden Freunde bei ihrem gemeinschaftlichen Mittagsessen saßen, rief Gabriel, seine Serviette zusammenballend und in die Luft werfend:

„Kennst du Linchen Groß?"

Mark sagte gleichgültig: „Nein", und dann: „Wer ist sie?"

Gabriel blieb die Antwort schuldig und fing von anderem an.

Er zerschlug jeden Tag sein Weinglas, das er füllte, in die Höhe schwang, ausleerte und zu Boden schleuderte. Mark schüttelte den Kopf. Einmal sagte er:

„Alter, gieb Antwort, was thust du da oben über mir in deinem Zimmer? Du springst herum, als ob du tanztest. Welcher Teufel ist dir in die Beine gefahren?" Und Gabriel packte den Freund lachend bei den Schultern und fragte:

„Kennst du Linchen Groß?"

Mark schnitt eine Grimasse.

„Was ist das? Ist's eine Stute, die am Start gewann, oder —"

„Hör einmal, wo hast du denn diesen hübschen koptischen Stoff da her?" rief Gabriel laut und zerrte einen alten Stofffetzen aus einer Ecke hervor.

Mark lächelte.

Oftmals fehlte Gabriel jetzt beim Mittagstisch. Wenn Mark schalt, antwortete er grob. Sein Gang wurde hastig und springend, als fürchte er, irgend wo zu spät zu kommen.

„Ich begreif' dich nicht", warf Mark einmal hin, „du kommst mir vor wie ein Primaner vor dem Examen."

Und statt daß Gabriel darauf gelacht hätte, sagte er hochaufatmend:

„Ja, ja, ja, du hast recht."

Zwischen Marks Braunen begann sich eine Falte zu graben.

Sie verging wohl in einigen Tagen, diese tolle Stimmung des Bruders. Ihn gerade durfte niemand klein, seine Hand niemand zittern sehen. Aber sie verging nicht, die Stimmung. Sie wurde dichter. —

Als sie eines Abends aus ihrem Klub heimkehrten, blieb Gabriel plötzlich vor einem Hause am Markt stehen und starrte zu einem Fenster hinauf.

Da legte Mark seinen Arm in den Gabriels und sagte:

„Zu deinem Geburtstag sollst du eine Guitarre haben, aber verständige dich vorher mit der Polizei sonst geht's dir wie dem Beckmesser."

Gabriel erwiderte gelassen:

„Mark, das mag ich nicht."

In Marks Gesicht stieg eine jähe Röte.

„Was magst du nicht?"

„Daß du verspottest, was du nicht begreifen kannst."

„Wahrhaftig", rief der Bucklige sich aufrichtend, „du scheinst die Sache ernst aufzufassen."

„Gewiß, denn diese ‚Sache' ist keine Sache, sondern bedeutet mein Lebensglück."

Einen Augenblick Schweigen, dann scholl ein tiefes dröhnendes Lachen durch die Nacht

„In Österreich nennt man einen Zustand, wie augenblicklich der deine ist, das ‚besoffene Elend', du guter Junge!"

„Ah, ah, laß die Albernheiten, Mark! Ich bin nicht aufgelegt dazu."

Und er ging rascher. Mark hatte Mühe, ihm zu folgen. Er sagte kein Wort mehr. Schweigend erreichten sie ihr Haus und gingen mit einem kurzen Gutenachtgruß in ihre Schlafzimmer.

Am nächsten Tag blieb Gabriel unsichtbar. Erst spät abends trat er bei Mark ein. Über sein Antlitz war eine heftige Bewegung ausgegossen.

Ohne ein Wort zu reden, sank er dem Freund an die Brust.

Und als Mark schweratmend, fast keuchend herausstieß:

„Was bedeutet das?"

Da entgegnete er mit glücklichem Lächeln:

„Daß ich mich mit ihr verlobt habe."

„Mit . . . . mit wem?"

„Mit Linchen Groß."

„Mit — Linchen Groß. Aber nur auf die linke Hand, natürlich."

„Mensch, keine Beleidigung"! Gabriels Augen flammten.

„Mein weißes Glück soll dich mit göttlichem Neid erfüllen, aber nicht Schmähungen der Eifersucht auf deine Lippen legen."

„Wenn ich . . . daran glauben könnte", sagte Mark beinahe tonlos, „würde ich dir ja — gratulieren. Denn ein Weib . . . das du, du, du zu deiner Gefährtin, — aber es ist ja zu dumm, du machst einen schlechten Witz mit mir."

Und er umklammerte Gabriel und sah ihm ängstlich forschend in die Augen.

Gabriel ließ sich in einen Stuhl nieder und zog Mark neben sich.

„Ich begreif' dich nicht. Es ist so einfach. Auch dir geht's eines Tages so. Ein süßes, kleines Ding läuft dir übern Weg, du denkst dir gar nichts dabei. Aber plötzlich spürst du, daß du nimmer allein bist. Du gehst schwanger mit einem Glück. Bangend wanderst du einige Zeit herum und da, da, auf einmal eines Morgens tritt es sichtbar und bewußt in deine jauchzende Seele: du liebst, du liebst. Und ihre Eltern haben mir ihre Hand zugesagt."

„Die Eltern des Linchens Groß haben dir ihre Hand zugesagt", wiederholte Mark, vor sich hinblickend. „Die Eltern Linchens, hm . . . ."

Gabriel lächelte.

„Was erscheint dir so sonderbar daran? So schlicht wieder. Papa ist vor kurzem aus seiner Stellung als Landesgerichtsrat ausgeschieden und hat sich zur Ruhe gesetzt. Man hat mich eines Tages zu seiner erkrankten Frau gerufen. An ihrem Bette lernte ich Linchen kennen. Ich sah sie öfter, denn ich mußte öfter meine Patientin besuchen. Dann —"

„Ach, laß die Schilderung. Eines Tages ist Linchen Groß in deine aufjauchzende Seele getreten, Linchen Groß, das ist mir genug. Aber ich darf sie doch kennen lernen. Nicht wahr? O, wie freue ich mich, dieses Weib kennen zu lernen! Auf die freu' ich mich!"

Gabriel fuhr scherzhaft mit der Hand über Marks Gesicht.

„Was bist du so pathetisch! Ein süßes, kleines Mädchen —"

„Aber dein künftiges Weib, dein Weib; da steckt ja ein Stück Zukunftsentwickelung drinnen. Du gehst einem großen Tag entgegen, und die an deiner Seite schreitet, hat die Verantwortung, wie der Abend dieses Tages sein wird, ob reich an Frucht und Thaten —"

„Ah, laß das! Siehst du, seit ich dieses Mädchen kenne, ist mir, studentisch gesprochen, alles übrige: Quark. Ihre lieben, kleinen Händchen sollen meinen Frühstückstisch mit Rosen schmücken, das übrige Kraut ehrgeiziger Aufstrebender geht mich nichts mehr an."

Mark entgegnete kein Wort.

Er starrte auf einen Fleck des Bodens. Und als er aufsah, war Gabriel aus dem Atelier fort.

Der Bucklige preßte die Fäuste an die Schläfe. Man sah, wie seine Augen dachten.

* * *

Gabriel trug jetzt immer eine oder die andere frische Blume im Knopfloch. Eines Tages kam er herab und sagte strahlend: „Ich geh' zu ihr, willst du mit?"

Mark warf seinen Malerkittel weg, kleidete sich rasch um und ging mit Gabriel. Fast ununterbrochen mußte dieser den Hut lüften. Alle kannten, grüßten ihn, sahen ihn mit freudigen Augen an. Es lag so viel Triumph in seinen Zügen. Und seine Hände hatten schon so segnend gewirkt, er selbst die mannigsaltigsten geistigen Anregungen gegeben, Streit und Fehde hervorgerufen, Thüren, die auf unbekannte Gebiete führten, aufgerissen, Quellen, die in heimlicher Muttererde sprudelten, ans Licht gehoben. Und die Kraft in ihm baute an seinem Leibe, daß er etwas Herrscherhaftes erhielt.

Und Gabriel ging zu Linchen Groß.

„Mein Bruder", sagte er, dem alten Herrn Mark vorstellend.

Und der alte Herr schüttelte dem Buckligen die kühlen Hände.

Dann kam die Mutter, eine dicke Frau, in einer krebsroten Seidenbluse und stotterte höflich, wie sie sich freue, in dem berühmten Maler, dem Bruder Gabriels, einen zukünftigen Verwandten zu besitzen.

Man setzte sich um einen schönen, blank polierten, Tisch im Salon. Es standen lauter gute, teuere Möbel umher, Sofas mit Bordbrettern darüber, Spiegel, so daß man sich genugsam von vorn und hinten sehen konnte. Viele große Photographien zierten die Wände. Bronzeschalen und Krüge und massive Tintenzeuge nebst mehreren Gipsabgüssen zeugten von dem entwickelten Kunstsinn der Familie. Es war so recht behaglich da. Gabriel sah mit immer unruhiger werbenden Augen umher. Die Frau Landesgerichtsrat lächelte verständnisvoll.

„Sie wirft nur schnell ein anderes Kleid über", sagte sie.

Mark brachte fast kein Wort heraus. Er befand sich wie in einem Bann. Wenn jetzt nicht die Thüre aufsprang und ein dionysisches Mädchen hereintanzte, dem man diese Eltern, dieses Milieu verzeihen konnte —

Da erhob sich die Portiere.

Ein kleines Persönchen. Blondlöckchen in der Stirne, wangenroth, Blauäugelein. Ein Grübchen im Kinn. Ein hellblaues Kleidchen.

„Ach, wie nett," rief sie, sich nähernd, „daß du —"

Sie erblickte den Fremden, der sie anstierte.

„Mein Bruder, meine Braut."

Sie knickste, und er sah zu Boden.

„Es ist schnell gekommen, nicht wahr?" sagte lächelnd der Papa. „Sie kennen einander kaum vierzehn Tage. Aber es waren augenblicklich so viel Freier auf —"

„Aber Papa!"

„Auf dem Plan, daß Gabriel —"

Mark runzelte die Stirne. Das „Gabriel" aus diesem Munde empörte ihn.

Was war Gabriel für diesen?

„Linchen möchte heute dein Atelier besuchen, du bist doch frei diesen Nachmittag, nicht wahr?" fiel der Bruder ein.

„Es wird mich freuen, gnädiges Fräulein", entgegnete Mark.

„Ich war noch nie in einem Atelier und bin furchtbar neugierig darauf. Sieht man auch Modelle bei Ihnen?"

„Linchen!" sagte die Mutter verweisend.

„Ich habe eine hübsche Geschichte von einem Modell gelesen, ich glaube, in der Gartenlaube, seither brenne ich darauf, ein wirkliches Modell zu sehen."

„Den Spaß sollst du oft genug haben, Schatz" lächelte Gabriel. „Mein Bruder ist eben an einem historischen Gemälde beschäftigt, worauf allerlei schöne Damen im Kostüme der Königin Elisabeth vorkommen."

„Gott, wie interessant!"

„Ihr Adam ist verkauft?" fragte die Mutter.

„Nein, gnädige Frau, ich verkaufe ihn nicht."

„Das ist gut, denn es hätte sich wohl schwer ein Käufer gefunden. Wohin soll man auch so ein Bild hängen? In ein Empfangszimmer paßt das Sujet nicht, ins Speisezimmer erst recht nicht, ich wäre in Verlegenheit —"

„Sie kommen doch Nachmittag mit", rief Gabriel zu seiner künftigen Schwiegermutter hinüber.

„Natürlich", versetzte Linchen, „Mama kommt mit, nicht wahr, Mama?"

„Ich werde zusehen, ob's geht."

„Mich müßt ihr entschuldigen, ich muß um vier Uhr im Schachklub sein", bemerkte der Landesgerichtsrat.

Mark war aufgestanden.

„Bitte, sich nicht stören zu lassen. Ich habe jemand für zwei Uhr zu mir bestellt."

Er verbeugte sich steif.

„Ich bleibe noch ein bißchen, Mark", sagte Gabriel, dem Bruder die Hand hinstreckend.

Mark schritt mechanisch die Treppe hinab. Ein dumpfer Kopfschmerz hatte ihn ergriffen. Zu Hause warf er sich aufs Sofa, dann aß er hastig sein Mittagsmahl. Als er auf die Uhr sah, fehlte noch eine halbe Stunde bis zum Eintreffen seiner Gäste.

Pünktlich traten sie ein. Linchen war ganz in Weiß gekleidet. Sie glich einer Schneeflocke, auf die die Sonne scheint.

Bei jedem Lächeln schimmerten ihre weißen Zähnchen zwischen den roten Lippen hervor.

Mark überließ die Schwiegermama Gabriel, indes er die Kleine von Bild zu Bild führte.

Seine Ohren lauschten hungernd nach einem Wort von ihr, das auf das Dasein einer Seele schließen ließ.

Er hörte aber nur ihre Jugend trillern und sah das Feuerwerk ihres sechzehnjährigen Blutes auf ihren Wangen spielen.

Vor seinem Adam schlug sie die Hände zusammen.

„Er ist so . . . so merkwürdig!"

„Wieso?" fragte Mark, sie von der Seite anblickend.

„Er sieht aus wie . . ."

„Nun?"

„Aber Sie könnten böse werden?"

„Was denken Sie? Mir ist jedes Urteil gleich wertvoll."

„Nun, so wie ein Bauer sieht er aus. Nicht?"

„Das war er ja auch, mein liebes Fräulein."

„Wie? Das habe ich noch nie gehört. Wie komisch! Nein, Mama, hör' mal".

Sie lachte klingend auf.

Die beiden anderen wandten sich nach ihr.

„Was giebt's?"

„Denk', Mama, Herr Funk sagt, Adam wäre ein Bauer gewesen."

„So? Na. Kann ja möglich sein, im Paradies war das kein so schwieriger Stand."

„Mögen Sie die Bauern nicht?" fragte Mark.

„Nein", entgegnete sie, „ich finde sie roh."

„Und Sie lieben die feinen Herren, nicht wahr? Elegante Offiziere, Referendare, die gut tanzen —"

Sie errötete ein wenig.

„Ich liebe auch die Künstler."

Es kam sehr herzig heraus.

„Ach ja, die Tenöre und vielleicht den tragischen Liebhaber!"

„Ja, die auch, und die anderen, die einen erheben."

„Hm", machte Mark.

„Es ist etwas so Schönes, erhoben zu werden, nicht wahr? So aus der Alltagssphäre heraus in eine bessere Welt. Kennen Sie auch dieses Bedürfnis."

„Und wie!" rief Mark ernsthaft. „Wollen Sie aber nicht sich ein bißchen auf dieses Sofa setzen?"

Er ließ sich ihr gegenüber auf einen Sessel nieder.

Gabriel und Frau Groß standen plaudernd vor einer Skizze Marks, deren Inhalt der Doktor der künftigen Schwiegermutter erklärte.

„Ihr Atelier ist sehr hübsch", sagte Linchen, die unter Marks Blicken in leichte Verlegenheit geriet.

„Es fehlt die ordnende Frauenhand", meinte er.

Sie lächelte.

„Warum nehmen Sie nicht eine — Haushälterin?" verbesserte sie das, was sie hatte sagen wollen.

„Sie meinen eine Frau", korrigierte er sie. „Bis jetzt habe ich keine gefunden. Die eine war zu jung, die andere zu alt, eine zu fromm, die andere zu wild."

„Wie komisch! Aber warum stellen Sie auch so kuriose Ansprüche. Kann man denn zu fromm sein?"

„O ja. Zum Beispiel, wenn man immer das thut, was der Mann will, und ihm zu viel süße Speisen kocht, so daß er sich schließlich den Magen verdirbt."

„Aber das ist ja schrecklich, was Sie da sagen. Mama!"

„Was denn?"

„Ach, nichts . . ."

Sie zerrte verlegen an den Spitzen ihres Taschentuchs.

„Ich weiß nicht . . ."

„Ich komme Ihnen wohl sehr bösartig vor." Sie lächelte ihn ein bißchen an.

„Ja, Sie sind das gerade Gegenteil von Gabriel."

„Das scheint Ihnen nur so. Im Grunde sind wir einander sehr ähnlich."

„Wirklich? Aber er ist so weich und gut. —"

„Ach, das glauben Sie nur. Er kann auch sehr hart und eisern sein."

„Ach nein", sagte sie gedehnt. „Wenn man ihn lieb behandelt und gehorcht, so wie er verlangt, wird er immer gut sein."

„Gehorchen Sie so gerne?"

Sie errötete aufs neue.

„Ich glaube ja. Man fühlt sich so sicher, wenn man nur zu gehorchen braucht."

„Befehlen fällt Ihnen schwer."

„Ach befehlen! Ich bitte, wenn ich etwas wünsche."

„Und wenn Sie es dann nicht erhalten?"

„Dann —"

„Weinen Sie, nicht?"

„Manchmal, nicht immer."

„Und kommt's dann?"

Sie nickte halb verschämt.

„Aber Gabriel haßt Thränen, wissen Sie das?"

„Ach", machte sie mit einer vielsagenden Handbewegung, die sie um fünf Jahre älter erscheinen ließ.

Um Marks Lippen zuckte ein Lächeln.

„Sie glauben ihn wohl schon ganz in der Gewalt zu haben, wie?"

„Ah, Gewalt! Er hat mich lieb, und da wird er so werben, wie er mir am besten gefällt."

„Ei! Und Sie?"

„Ich muß bleiben, wie ich bin, denn so fand er Gefallen an mir."

„Also Sie werden den Bengel erziehen. Haben Sie sich schon eine Rute angeschafft?"

„Ah, das giebt sich von selbst, so nach und nach."

„Ja, Linchen Groß, nach und nach, das glaube ich auch", sagte Mark mit einem Aufblitzen seiner Augen.

Sie erhob sich etwas verblüfft.

Er führte sie vor ein Bild, das eine wunderbare Kreuzigung darstellte. Es war von einem alten Niederländer Meister gemalt.

„Gefällt es Ihnen?"

Sie sah ihn ratlos an und erwiderte nichts.

„Nicht mich, in sich schauen Sie. Was Sie da drinnen empfinden, sagen Sie mir."

„Ich weiß nicht" entgegnete sie, rot werdend, „vor Bildern empfinde ich eigentlich nichts."

„Es ist nett von Ihnen, daß Sie das so ehrlich gestehen", versetzte er lächelnd. „Mir geht's auch manchmal so, zum Beispiel vor Bildern ohne Gnade."

„Was sind das für welche?"

„O, das ist ein tiefes Geheimnis."

„Mir scheint, ich werde eifersüchtig sein müssen",

sagte Gabriel, zu den beiden herantretend, "was habt ihr denn da so Wichtiges zu sprechen?"

"Nur über Sie, mein Herr", bemerkte Linchen neckend.

Er zog ihre Hand an seine Lippen.

Später gingen sie fort.

Mark blieb allein in seinem Atelier zurück. Er schritt auf und nieder.

Abends paßte er seinem Bruder auf.

Sie begaben sich zusammen in ein Restaurant.

Eine Zeitlang saßen sie ohne ein Wort zu reden einander gegenüber. Dann sagte Mark:

"Habt ihr den Termin euerer Hochzeit schon festgesetzt?"

"Ich möchte, — was haben wir jetzt? September, — an Weihnachten möcht' ich die Trauung haben, dann gleich fort nach Italien, oder so wohin. Da könnt' ich auch am leichtesten abkommen."

"Nun, bis Weihnachten ist ja noch lange hin", sagte Mark wie zu sich selbst.

"Ja, 's ist noch eine häßlich lange Zeit für mich. Aber sie ist notwendig, denn wir müssen uns doch einrichten, eine Wohnung aufnehmen und dergleichen Irdisches mehr."

„Kennst du die Puppen, die, wenn man sie auf den Magen drückt: pip schreien?"

„Ja gewiß", lachte Gabriel; „bei den Kindern meiner weiblichen Patienten sehe ich oft solche. Was soll's damit?"

„Nichts, nichts. Sie erinnerten mich nur an etwas."

Sie aßen. Dann später, als sie sich ihre Cigarren anbrannten, sagte Gabriel:

„Ich glaube, mein Bräutchen fürchtet sich ein wenig vor dir. Du mußt freundlicher gegen sie sein. Sie ist so weich."

„Glaubst du, daß sie mich fürchtet?" entgegnete Mark, „es ist immer gut, wenn das Weib Furcht vor dem Manne hat. Vor dir scheint sie keine zu haben."

„Ach Gott, das Kind!"

„Gabriel, Gabriel!" sagte Mark. Seine Stimme klang centnerschwer.

„Ich begreif' dich nicht." Gabriel sah befremdet in das bekümmerte Gesicht des Bruders. „Ich hätte füglich erwarten können, daß du mir ein herzliches Wort giebst, aber —"

„Ein herzliches Wort. Ja. Ich hab' mich gefreut darauf, dir eins sagen zu dürfen, aber — ich kann nicht. Du handelst ja wahnsinnig, wahnsinnig..."

„Schrei' doch nicht so", flüsterte Gabriel mit blassen Lippen, „die Leute werden aufmerksam. Ich möchte übrigens um Erklärung dieser Worte bitten."

„Sie ist eine Puppe, die echteste Puppe, der ich jemals begegnet bin. Nicht eine Spur Seele, nicht ein Atom Individuelles, nicht ein Fünkchen Geist, aber auch nicht das blässeste habe ich in ihr entdeckt. Bloß ein Puppenleib. Und du willst diese Larve, dieses Marionettenfigürchen heiraten, heiraten, du, Gabriel Funk, die! —"

„Das: die, verbiete ich mir, in solchem Tone gesprochen. Im übrigen kann nur ein Tollkopf von einem sechzehnjährigen Kind etwas ausgesprochen Individuelles erwarten."

„Das leugne ich. Ein zehnjähriges Mädchen trägt bereits die Grundzüge ihrer seelischen Physiognomie, wenn es jemals eine solche haben wird und nicht mit Hinz und Kunz geistig bevettert ist."

„Du bist die pikante Kost gewisser Institute gewöhnt. Lerne erst das Weib, wie es aus der Hand der Natur hervorging, kennen, dann wirst du nicht mehr so thörichte Forderungen stellen."

„O Gabriel, wenn du wüßtest, welch' unbemakelten Hände sich in diese Hände gelegt haben! Aber das lassen wir. Ich will dir nur sagen, wie ich mir dein

Weib vorgestellt habe. Mit großen, dunklen Augen, die von Flammen und selbstherrlichem Kraftbewußtsein trunken sind; mit einer Stirn, auf der ruhende Gewitter träumen; mit einem Mund, dessen blutroten Lippen nur der heißeste Kampf ein Ja entringen kann, mit einer Seele, groß, weit, und flügelstark, daß sie, ein jauchzender Herold, deine Gedanken über die Erde hinträgt. Gabriel, Linchen Groß sieht der nicht ähnlich."

„Sie soll nicht mein Feuer und Herold, sie soll meine Blume sein."

„Aber sie wird die tötliche Schlingpflanze werden, die, dich umwuchernd, dir das Mark aussaugt. Sie wird dich anstecken mit ihrer Kleinheit, denn nichts ist gefährlicher für den Mann als die Unbedeutendheit des geliebten Weibes. Du, der in der Höhe begann, wirst in der Tiefe enden."

„Und wenn, was ging's dich an? Aber das sind lauter leere Reden. Ich kenne ja die Quelle, aus der sie entspringen. Du willst, daß ich mein Lebenlang Junggeselle bleibe, um mit dir unter einem Dache zu hausen. Das ist lieb von dir, mich aber befriedigt es nicht. Ich will mein selbständiges Leben haben."

Mark blickte ihn groß an.

„Wie schon deine Sprache verändert ist! Als ob ich jemals dein selbständiges Leben gehindert hätte! Wir thuen doch stets, jeder, was er will. Wenn du ein Weib begehrst, nimm dir eins, und sei's auch eine Puppe, aber — heirate sie nicht."

„Mark!" brauste Gabriel auf, „noch ein ähnliches Wort, und es ist zwischen uns aus."

„Das kann es nicht sein."

Das Angesicht des Buckligen leuchtete vor Liebe.

„Nie kann es das sein, deine Wurzeln liegen hier in dieser Brust."

„Dagegen wende ich nichts ein, aber maße dir nicht an, meine Vorsehung zu sein. Mein Glück ist gekommen, nun will ich es genießen."

Er stand auf. Sie zahlten und gingen nach Hause.

„Gabriel, denke an all das, was ich dir sagte", raunte Mark im Flur ihres Hauses dem Bruder zu. „Erbarme dich deiner. Es ist eine momentane Verdunkelung deiner Sinne."

„Schweig", erwiderte Gabriel finster. „Ich wußte nicht, daß du — gemein werden kannst."

Mark zuckte unter den Worten zusammen. Er schlich in sein Schlafzimmer.

Im Dunkel kauerte er sich auf sein Bett und zitterte vor Schmerz.

Und nun begann ein Kampf auf Leben und Tod. Der uralte Kampf um das Weib.

Aber die Verhältnisse lagen diesmal anders. Nicht zwei kämpften um dieselbe, ein Intellekt stritt um den anderen, der bereit war, im Schoß des Weibes zu ertrinken.

Gabriel war Mark am anderen Tage, nachdem er ihm die bitteren Worte gesagt, wieder liebevoll genaht. Aber Mark hatte ihm ein kurzes: aut — aut entgegengesetzt.

Da war er denn achselzuckend gegangen. Er hatte gehen müssen.

Aber Mark hatte auch müssen ihm sein entweder — oder entgegenschleudern. Jeder von ihnen hatte seinen harten Schädel.

Als Mark fühlte, daß die Puppe zur Viktoria geworden war, entbrannte ein lodernder Haß in ihm gegen sie.

Dieses Nichts, dieses Schulmädchen, dessen Geist einem herabgeleierten Lesestück glich, hatte ihm seinen Gabriel gestohlen. Jeder Kommis, jeder Sekondelieutenant, hätte sie ebenso gerührt wie er; sie hatte ja keine Ahnung, wer der Mann war, der sie an sein Herz betten wollte. Jeder andere Freier hätte ebenfalls gesiegt. Zufällig war Gabriel der erste. Es war kurz nach ihrem sechzehnten Geburtstag, und sie blähte sich in dem Gedanken, die erste unter ihren gleichalterigen Freundinnen zu sein, die sich verloben würde.

Denn das war doch keine Liebe, was sie für ihn hegte.

Die Liebe, die rote, löwenstarke, mörderlich sich einkrallende, konnte ein Kind wie sie, nicht fühlen.

Und Gabriel bedurfte so einer, um weiter zu wachsen. Liebe ist der laute Schrei nach sich selbst. Fand er aber auch nur den leisesten Widerhall in diesem blassen Gebilde, dem unreifen Kinde einer geistig gleich Null bedeutenden Mutter? Es durfte nicht geschehen, sagte sich Mark.

Um jeden Preis mußte diese irrsinnige That verhindert werden.

Unglücklich konnte es Gabriel nicht machen, denn es herrschte ja seinerseits ebenfalls keine Liebe zu diesem Mädchen.

Er, Gabriel, mit den Anforderungen eines Herrschers! Seit wann wäre er so unheimlich bescheiden geworden?

Es war eine augenblickliche geistige Verirrung, eine Trübung seiner Vernunft, eine jener, wo Feldherrn falsche Schlachtenpläne entwerfen und Forscher einen verkehrten Schluß ziehen.

Mark lief in seinem Atelier auf und nieder brütend über den Ausweg, durch den er den Freund retten konnte.

Gabriel mied ihn jetzt vollständig.

Mark spähte ihm nach, wenn er fortging, lauschte, wenn er zurückkam.

Er konnte nicht anders, er hatte den Menschen schrecklich lieb, so lieb wie ein Künstler sein Kunstwerk.

Wo Gebendes in einer Liebe ist, wurzelt sie besonders tief.

Und Mark hatte Gabriel viel gegeben, alles, was er besaß. Er hatte ihn aufgebaut mit seiner Kraft, ihm seinen Odem eingeblasen, ihn Schritt für Schritt getragen, bis auf die Höhe, auf der er jetzt stand.

Er hatte sich als Entgelt dafür die Schönheit des Geliebten in seine Seele eingepflanzt, daß sie blühte und als künstlerische Frucht ans Licht trat.

Wer würde von nun an, wenn Gabriel von ihm ging, sein Licht, sein Tag, seine klingende Farbe sein? Wer würde als lachender Genius hinter ihm stehen, und ihm zuflüstern: Vergiß nicht über der Kraft der Harmonie. Hier ist meine Schönheit, ich leihe sie dir für deine Rauschstunden der Arbeit. Ich segne dich mit ihr.

Der Bucklige fühlte, wie er zusammenschrumpfte, wie das Leuchtende an ihm erlosch und er wieder weiter nichts war als ein keuchender Atlas, der seine eigene ermüdende Häßlichkeit weiterschleppte. War es eigentlich nicht das einzig Vernünftige — aber nein, ein Angstmord war eine Grimasse gegen die Vernunft. Freilich, wenn er gewiß wüßte, daß Gabriel ihm verloren war, dann würde er nicht zaudern. — — — Eine Kugel vor den Kopf ist nicht so erniedrigend als das beständige Zittern um die Gunst einer Person.

Der Teufel hol's! Es war scheußlich, lächerlich. Wie 's nur gekommen war!

Mit so göttlicher Logik, so einfach und selbstverständlich. Rot und blau waren ineinander geflossen, um fürstlichen Purpur zu bilden. Zusammen bildeten sie ihn, getrennt war jeder wieder eine arme kleine nichtssagende Farbe.

Und Mark schlug die Hände vor das Gesicht. Nein, nein, nein, es durfte nicht sein! Das Weib, das er Gabriel zuträumte, hätte ihn ihm gelassen, aber die hungrige, dürftige Epheuranke schlang sich so fest um seinen Paradiesesbaum, daß er verdorren mußte.

Schmarotzerpflanzen . . . .

Mitten in seinem Grübeln kam Mark ein Plan. Das Einfachste war, er sprach mit ihr. Er würde ihr sagen: Kind, Sie können meinen Bruder nicht für die Dauer glücklich machen. Bedenken Sie, was es heißt, ein so reiches Leben in seiner Entwickelung zu hindern. Geben Sie ihn sich selbst zurück! Seien Sie großmütig! Ihnen winken ja noch tausend offene Arme, Sie verlieren nichts, wenn Sie sich von ihm abkehren. Er selbst wird Sie segnen dafür. Und ich, ich segne Sie schon jetzt, Lina!

Ja, so wollte er zu ihr sprechen.

Und er wollte mit seinen kraftglühenden Fäusten ihre Mädchenhände umklammern, daß sie der Finger schmerzte, auf dem sein Goldreif saß. Und wenn sie ihn dann herabzog und leise hinlegte und, ohne ein Wort zu sagen, sich nach der Thüre wandte, wollte er vor ihr niederstürzen und seine Lippen auf ihre Füße pressen.

Aber wie konnte er mit ihr sprechen? Und allein sprechen! Sehr einfach. Er würde sie bitten, zu ihm ins Atelier zu kommen, es handele sich um eine Überraschung für den Bruder. Ja, so ging's. Kam die Mutter mit, konnte er immer mit Lina in den Nebenraum treten.

Mit fliegender Hand schrieb er ein paar Zeilen an das Mädchen. Er hatte absichtlich die Zeit während Gabriels Sprechstunde zur Zusammenkunft gewählt, damit nicht ein boshafter Zufall die beiden einander begegnen ließ und so seinen Plan vereitelte.

Zu seiner Verwunderung blieb die Antwort aus. Er zerbrach sich den Kopf, weshalb. Gabriel ging nach wie vor seine Wege. Es konnte also kein besonderes Ereignis in der Familie eingetreten sein.

Sollte sie eine Ahnung gewarnt haben?

Sollte sie so perfid gewesen sein, dem Verlobten das Vorhaben des Bruders zu verraten? Eine fieberhafte Unruhe bemächtigte sich Marks.

Er schlich sich des Nachts aus dem Hause fort, um unter ihrem Fenster die Fäuste zu ballen. Er konnte kein Auge schließen. Sein Verlangen, mit Gabriel wieder in das alte Verhältnis zu treten, wuchs ins Grenzenlose. Nur einen herzlichen Gruß, ein gutes Wort von ihm, aber es ging nicht, es ging nicht, solange der Schatten nicht behoben war, der sie trennte. Sollte er andere Wege einschlagen? Welche? Dieser war der einfachste gewesen. Weshalb antwortete das Geschöpf nicht?

Marks Erregung nahm krankhafte Formen an. Er hatte drei Tage mit gespannter Aufmerksamkeit jedem Geräusch gelauscht Er dachte, vielleicht würde sie, ohne zu antworten, bei ihm eintreten. Er lauerte dem Postboten wie ein Verrückter auf, und riß ihm die Briefe aus der Hand. Schließlich vergaß er, Nahrung zu sich zu nehmen. Ein galliger Geschmack legte sich auf seine Zunge. Die vollständig schlaflosen Nächte zerrütteten sein Nervensystem. In klingenden Wellchen schoß das Blut durch seinen Körper.

Eines Nachmittags, es begann bereits am Winterhimmel zu dunkeln, stürzte er zu seinem Waffenkasten, riß einen geladenen Revolver heraus, und — da klopfte es. Die Waffe entsank seiner Hand . . . .

„Guten Abend", sagte Lina Groß eintretend. „Ich wollte ja schon lange kommen, aber ich war nicht ganz wohl, und Mama ließ mich nicht hinaus. Auch heute weiß sie es nicht, daß ich hierhergekommen bin."

„Sie sind allein?" rang es sich von den Lippen des Taumelnden.

„Ja, Rosa erwartet mich daneben in der Konditorei. Ich wußte nicht, ob man, wenn man gemalt wird, jemand ins Atelier mitbringen darf."

„Ah, das ist ja Nebensache", rief er keuchend, und

dann, sich gewaltsam zur Ruhe zwingend, fügte er hinzu: „Bitte, setzen Sie sich."

„Sie wollen gleich zu malen beginnen?" fragte sie, den Schleier verlegen zurückschlagend.

Er lächelte.

„Nein, Fräulein Lina."

Und er setzte sich so nahe zu ihr, daß seine Hand die ihre fassen konnte.

„Fräulein Lina, es war etwas anderes, weswegen ich Sie bat, zu mir zu kommen. Es war diese Art die einzig mögliche für mich, um mit Ihnen zu sprechen. Liebe Lina, machen Sie kein so ängstliches Gesicht, Kind, sagen Sie mir, aber seien Sie aufrichtig",..... der Bucklige rang nach Worten, „haben Sie Gabriel schrecklich lieb,... so schrecklich, daß... daß Sie sterben würden, wenn er- — eine andere Ihnen vorzöge?"

„Aber das... das kann er ja nicht, ich bin ja mit ihm verlobt." Sie war abwechselnd rot und blaß geworden.

„Ob er es kann oder nicht, gehört nicht hierher. Ich..." vor Marks Augen begannen feurige Funken zu tanzen — „ich will nur wissen, ob es Sie zu Tod schmerzen würde... ob Sie sich ein Leid anthun würden...."

„Aber mein Gott!"

Jetzt fing sie an zu weinen.

Das gab Mark wieder seine Kaltblütigkeit zurück. Weiberthränen erfüllten ihn mit physischem Ekel.

„Antworten Sie doch", sagte er, „Sie müssen ja die Größe Ihrer Neigung zu dem Manne kennen, dessen Weib Sie in zwei Monaten werden wollen. Würden Sie sich ein Leid anthun, sich töten —"

„Ach Gott, so eine Vorstellung, nein, nein, aber bitte, ich möchte nach Hause."

Sie erhob sich zitternd.

Er legte den schmeichelndsten Wohllaut in seine Stimme.

„Lina, noch einen Augenblick!" Sanft zwang er sie nieder.

„Sie würden sich nicht töten, Sie sind ein vernünftiges, ein junges und schönes Mädchen, das Ersatz für Gabriel fände. Nehmen Sie nun an, nicht, daß er Ihnen eine andere vorzieht, aber daß er erkennt, in seiner Wahl einen Irrtum begangen zu haben, daß er Ihnen Ihr Wort zurückgiebt, Lina, würden Sie sich zu fassen wissen?"

„O, so eine Beleidigung würde mich den Schmerz über seinen Verlust vergessen machen."

„Nicht wahr, Lina? Sie sind ja so klug. Und

würden Sie weiter begreifen, daß er, um Ihnen nicht selbst dies alles sagen zu müssen, mich wählte, um —"

„Ah!"

Es klang wie das „pip" der Puppe, der man auf den Magen drückt.

Er faßte fest ihre beiden Hände.

„Kind, seien Sie stark. Seien Sie großmütig. Sie sind nicht das Weib, das meinen Bruder glücklich machen wird. Glauben Sie mir. Vielleicht würdet ihr euch ein Jahr lang verstehen, aber dann — bedenken Sie, Sie sind noch so furchtbar jung, welch traurige Zukunft hätten Sie an der Seite eines Gatten, von dessen Gesicht Sie es ablesen würden, daß Sie nicht befreiend, sondern belastend auf ihn wirken."

„Ach Gott, nein, das hätte ich nicht gedacht", weinte sie.

„Erheben Sie Ihr Haupt", sagte er warm, „denken Sie, Sie wollen seine Schutzgöttin, seine Vorsehung sein, die klüger als er ist, geben Sie mir — seinen Ring zurück!"

„Aber warum, warum passe ich nicht zu ihm?"

„Weil er ein Aar ist, der einen hohen weiten Flug vor sich hat, den er entweder allein oder — mit einer Fluggenossin thun muß, Sie aber ein liebes kleines Blümlein sind, das fest auf der Erde wurzelt und ihn zwingen würde, dies ebenfalls zu thun, um Sie nicht allein zu lassen."

„Ach Gott ja, aber ich habe ihn doch so gern."

„Wenn Sie ihn gern haben, müssen Sie sein Bestes wünschen und nicht davor zurückscheuen, ihm ein Opfer zu bringen. Lina, Lina, seien Sie eine Heldin aus Liebe, das Glück wird Sie tausendfach umarmen für diese eine schwere Stunde, die Sie Ihr Opfermut kostet."

„Aber mein Gott!"

Sie schluchzte.

„Wie soll ich ihm denn das alles sagen?"

„Sie brauchen ihm gar nichts zu sagen, ich besorge alles. Geben Sie mir nur den Ring."

„Aber die Mama!"

„Wird zufrieden sein, ihre Tochter vor einer unglücklichen Ehe bewahrt zu wissen."

„Aber meine Ausstattung, die Möbel sind schon bestellt —"

Mark stieg eine Blutwelle des Zornes ins Gesicht.

„Die Möbel. Ja wahrhaftig, das ist ein Grund, um sich und einen Mann fürs Leben unglücklich zu machen."

„Ach Gott, und die Verlobungskarten .... nein, es geht nicht."

„Dann bricht's", schrie Mark aufspringend, „Puppe, mit deinen wichtigen Bedenken! Wenn du nicht wie eine Tolle ins Wasser rennst, weil du ihn nicht kriegst, hast du ihn ja überhaupt nie gern gehabt, verstanden? Gieb den Ring her!"

„Nein", rief sie, auf die Thüre zueilend, „ich will nicht."

Sie glich keiner Verzweifelten, sondern einem gereizten Kinde, das sein Spielzeug verteidigt.

Er umklammerte mit den heißen Fäusten ihre Hände. Etwas Glühendes, Lähmendes ging von ihnen in ihren Körper hinüber. Seine Blicke drängten sich in ihre. Sie taumelte.

„Lina! Gott hat dir eine Stunde geschenkt, in der du groß sein darfst, solche Stunden kehren selten wieder; denke, du, Linchen Groß, eine Heldin, eine Märtyrerin deiner Liebe, ein starkes, wollendes Weib! Denk', wie klein du hereinkamst und wie groß du hinausgehen wirst, wie eine Königin, die ein Todesurteil unterzeichnen konnte und statt dessen Befreiung schenkte. O Lina!" Er warf sich vor ihr nieder mit den heißen, flammenden, flehenden, schrecklichen

Augen, aus denen eine um ihr Leben kämpfende Liebe schrie.

Da zog sie den Ring vom Finger.

Um ihre Mundwinkel zuckte es, aber seine Worte hatten sie so gepackt, sein Zauber sie so eingesponnen, daß sie den Kranz zu sehen glaubte, den Siegeskranz, den die Welt und der Himmel auf ihre entsagende Stirne drückte . . . .

In diesem Augenblick sprang die Thüre auf, und Gabriel stürzte herein.

Er hatte die Stimme seiner Braut draußen erkannt.

„Gabriel!" schrie sie auf, und dann mit eigenwilligem, weinenden Kindermund:

„Da ist der Ring, ich . . . ich sterbe nicht daran, aber schlecht, sehr . . . ."

„Still, still!" schmetterte Mark ihr zu und wollte sie zur Thüre hinausdrängen.

Gabriel reißt sie zurück.

„Was ist? . . . ."

Sie winselt leise und deutet auf Mark.

„Schweig, Mädchen!"

„Nein, rede!"

„Du wirst nicht reden . . . ."

„Ja, ich will! . . . ."

„Du wirst nicht", brüllt er.

„Und jetzt sag' ich alles ...."
„Teufelsfratze, ich werde dich schweigen lehren...."
Er stürzt zum Tisch. Ein Knall ... ein markerschütternder Schrei, stockendes Röcheln ...
Am Boden liegt Gabriel in einer Blutlache ... Mark starrt mit aus dem Kopfe quellenden Augen auf den Toten.
Er bricht in die Kniee ......
Dann ein heißer, unartikulierter, ertrinkender Jubellaut .... Seine Hände tasten nach der Waffe. Er springt auf. Wie eine Trophäe ersiegten Triumphs schwingt er sie hoch und richtet sie gegen die eigene Brust. — — —

* * *

Als die Hausgenossen, von Lina Groß geführt, herbeigeeilt kamen, fanden sie den Mörder, sein Opfer fest umschlungen haltend, tot.

Aus seiner Herzwunde rieselte es rot . . . .

Und beider Blut hatte sich vermischt . . . .